# A Gift From Papá Diego

# Un regalo de Papá Diego

Little Diego thought of his Papá Diego all the time. He thought of Papá Diego when he woke up in the morning. He thought of him when he ate lunch. And he thought of him when he saw the sun setting in the west. When Little Diego learned the meaning of a new word, he wanted to run and tell his grandfather. When he discovered that tadpoles turned into frogs, he wanted to ask his grandfather to tell him why.

Maybe Little Diego loved his grandfather as if he were life itself because he was named after him. Or maybe it was because they were born on the same day of the year. Or maybe it was because Little Diego could sense he was the old man's hope. That was what his grandfather had told him: "Little Diego, eres mi esperanza."

But they lived in different countries and Little Diego did not see his grandfather very often. "If I could see my Papá Diego every day," Little Diego would say to himself, "then everything would be as perfect as a sky full of summer clouds."

Dieguito siempre pensaba en su Papá Diego. Pensaba en Papá Diego cuando se levantaba en la mañana, pensaba en él cuando estaba almorzando y pensaba en él cuando veía el sol metiéndose en el oeste. Cuando Dieguito aprendía una nueva palabra, quería correr y avisarle a su abuelo. Cuando descubrió que los renacuajos se convertían en ranas, quería preguntarle a su abuelo para que le explicara por qué.

Quizás Dieguito quería a su abuelo tanto como quería a su propia vida porque se llamaba igual que él. O quizás lo quería tanto porque los dos nacieron en la misma fecha. O quizás lo quería porque Dieguito sentía que él era la esperanza de su Papá Diego. Eso es lo que dijo su abuelo: "Dieguito, eres mi esperanza".

Pero vivían en diferentes países y Dieguito no veía a su abuelo muy seguido. "Si yo pudiera ver a mi Papá Diego cada día", se decía, "entonces todo sería tan perfecto como un cielo de verano lleno de nubes".

One day, when Little Diego was thinking of his Papá Diego, he asked his father, "How come Papá Diego never comes to visit us?"

Diego's father did the best he could to explain. "Your Papá Diego is getting old, and Chihuahua is far away."

"Can't Papá Diego just get in a car and drive here?"

"No, mijo. Papá Diego doesn't know how to drive. And he doesn't have a car."

"Can't he come on a bus?"

"Well," his father thought a moment. "Maybe, but you see, sometimes it's hard for him to cross the border."

Little Diego didn't understand anything about borders, but he pretended to understand. "Oh," he said, "Well, then, why don't we just go and bring him?"

"Mijo, Papá Diego likes living in Mexico—it's his home. He wouldn't like living here."

Un día, cuando Dieguito estaba pensando en su Papá Diego, le preguntó a su papá:

—¿Por qué nunca viene Papá Diego a visitarnos?

El papá de Dieguito trató de explicarle lo mejor que pudo.

—Tu Papá Diego ya está viejito y Chihuahua está muy lejos.

—Pero ¿qué no puede subirse a un carro y venir manejando?

—No mijo. Papá Diego no sabe manejar. Y no tiene carro.

—¿Qué no puede llegar en camión?

—Pues —su papá se quedó pensando—, quizás, pero a veces le es muy difícil cruzar la frontera.

Dieguito no entendía nada de fronteras ni de qué se trataban, pero fingió que entendía lo que estaba diciendo su papá.

—Bueno —dijo—, entonces ¿por qué no vamos a Chihuahua a traerlo?

—Mijo, a Papá Diego le gusta vivir en México; es su tierra. No le gustaría vivir aquí.

"Well, can we move to Chihuahua then, Papá?"

His father smiled. "No, Dieguito, we live here—El Paso is our home."

"Don't you love Papá Diego?"

"Seguro que sí. He's my father. I love him like you love me, but we live in different cities—in different countries. Sometimes that happens. ¿Quién sabe? Maybe someday you'll want to live somewhere else—maybe in a different country, but that won't mean you don't love me."

"No, Papá," Little Diego said, "I never want to live away from you." He looked up at his father. "Are you sure Papá Diego doesn't want to live here?"

"Yes, mijo, he likes it just fine where he is. Chihuahua is his heart."

"And what about us?"

"We're his heart, too."

"How can so many things be your heart?"

—Pues, entonces ¿podemos mudarnos a Chihuahua, Papá?

Su papá sonrió.

—No, Dieguito, vivimos aquí; El Paso es donde tenemos nuestro hogar.

—¿Qué no quieres a Papá Diego?

—Seguro que sí. Es mi papá. Lo quiero tanto como tú me quieres a mí; pero vivimos en diferentes ciudades, en diferentes países. A veces, así pasan las cosas. ¿Quién sabe? Quizás algún día decidirás vivir en otro lugar, quizás en un país diferente; pero eso no quiere decir que no me quieras.

—No, Papá —dijo Dieguito—, yo nunca viviré lejos de ti. ¿Estás seguro que Papá Diego no quiere venirse a vivir con nosotros?

—Sí, mijo, está muy bien en donde está. Chihuahua es su corazón.

—¿Y nosotros?

—También somos su corazón.

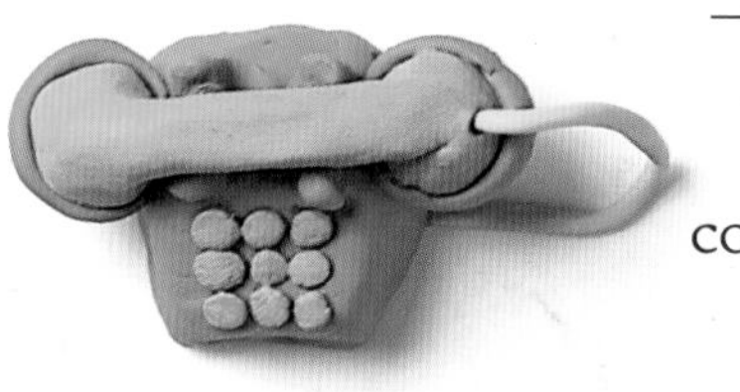

—¿Cómo pueden ser tantas cosas un corazón?

"Because a heart can be a very big place. It can hold many things."

"Oh." Little Diego smiled, but he wasn't happy. He wanted to live with his Papá Diego. He imagined they would talk and laugh and be best friends. When you loved someone, he thought, you could tell each other secrets and keep those secrets in the deepest part of you. He imagined himself talking to Papá Diego, telling him everything he felt, showing him everything he had hidden in his box he kept under the bed. And he imagined Papá Diego telling him about all the things he kept in the box under his bed, too. He even practiced his Spanish every day just in case his Papá Diego decided to come and visit him. He wanted to be ready.

One day, Diego's father gave him his old collection of Superman comics.

"What are these?" Diego asked his father.

"Mijo, they're my old comics."

—Porque un corazón es un lugar muy grande. Un corazón puede contener muchas cosas.

—Oh —Dieguito sonrió, pero no estaba verdaderamente contento. Quería vivir con su Papá Diego. Se imaginaba que podrían platicar y reír y ser los mejores amigos. Cuando se quiere a alguien, pensó Dieguito, uno puede compartir secretos y guardar esos secretos en la parte más profunda de su ser. Se imaginaba platicando con su Papá Diego, contándole todo lo que sentía, enseñándole todo lo que tenía escondido en su caja bajo la cama. Y se imaginaba a Papá Diego contándole de todas las cosas que él también tenía en una caja que guardaba bajo la cama. Hasta practicaba el español todos los días por si acaso su Papá Diego viniera a visitarlo. Quería estar listo.

Un día, el papá de Diego le dio su colección de cuadernos de monitos de Supermán.

—¿Qué son estos? —preguntó Dieguito a su papá.

—Mijo, es mi colección de cuadernos de monitos de Supermán.

Diego, who only vaguely knew about Superman, was a little puzzled by his father's gift. He looked at the old comics suspiciously, then up at his father. "Was he your hero?"

His father nodded. "Yes, mijo, he was a big hero. When I was a little boy, I spoke no English."

"None?"

"Not a word. I only knew Spanish. But my uncle started giving me comic books, and little by little I began to read them. It took me a long time to learn to read in English. I had to work hard. But I loved Superman." His father laughed.

Dieguito smiled at his father, then stared at the man in a cape on the cover of the comics page. He asked, "How come you liked him?"

"He could fly."

"Really?"

Diego's father smiled at him. "Seguro que sí—he could fly, he could..." He stopped in mid-sentence. "Just read them," he said.

Diego, que sabía muy poco de Supermán, no entendía por qué su papá le regalaba su colección de cuadernos de Supermán. Los vio con desconfianza y luego miró a su papá:

—¿Era tu héroe?

—Sí, mijo, era mi gran héroe. Cuando yo estaba chiquito, no sabía nada de inglés.

—¿Nada?

—Ni palabra. Solamente sabía hablar español. Pero mi tío comenzó a regalarme cuadernos de monitos, y poco a poco comencé a leerlos. Me costó bastante tiempo aprender a leer en inglés. Tuve que trabajar muy duro. Pero me gustaba Supermán muchísimo —dijo su papá, riéndose.

Dieguito le sonrió a su papá, luego se quedó mirando la imagen del hombre con su capa en la portada del cuaderno:

—¿Por qué te gustaba Supermán? —preguntó.

—Porque podía volar.

—¿De veras?

El papá le sonrió a su hijo.

—Seguro que podía volar, podía... —dejó de hablar a media frase—. Tú nomás léelos.

SUPERMAN

"I can't read so well, Papá."

"Well, give it a try—poco a poco. The pictures will help you just like they helped me."

After that day, Little Diego became enchanted with his father's old comics. He would read them, stumble over the words, and then read them again. He wondered what his Papá Diego would think of Superman. His big sister Gabriela began to complain to their mother. "All he does is come back from school and read those stupid old comic books—no one even reads that stuff anymore."

"Ay, mija," her mother said softly, "he's not hurting anyone—and besides, he's learning to read. Let him read his comics."

But no one knew what Little Diego was dreaming when he read about the man of steel who could fly over all the buildings in the world. No one. Every evening, before he went to bed, Diego imagined himself changing into a Superman suit and flying to see his Papá Diego. 'If I could only get a Superman

—No sé leer muy bien, Papá.

—Pues, hay que hacer la lucha, poco a poco. Los dibujos te ayudarán como me ayudaron a mí.

Después de ese día, Dieguito se picó con la colección de cuadernos de su papá. Los leía, tropezando sobre las palabras, y luego los leía de nuevo. ¿Qué pensaría su Papá Diego de Supermán? Su hermana mayor, Gabriela, comenzó a quejarse con su mamá de su hermano:

—No hace nada más que salir de la escuela y leer esos libros estúpidos; ya nadie lee esas cosas.

—Ay, mija, —le respondió su mamá—, no está molestando a nadie y además, está aprendiendo a leer. Déjalo con sus cuadernos.

Pero nadie sabía lo que estaba soñando Dieguito cuando leía los cuentos del hombre de acero que podía volar por encima de todos los edificios del mundo. Nadie. Cada noche, antes de acostarse, Dieguito se imaginaba con un traje de Supermán, volando hasta llegar a la casa de su Papá Diego. "Si pudiera tener un traje de Supermán, entonces

suit, then I could be like Clark Kent and fly over the border to Chihuahua and see my Papá Diego. I could see him every day after school and be home in time for dinner.'

Diego's mother sang softly to herself as she peeled the roasted green chiles. "These will make great chiles rellenos."

Little Diego loved chiles rellenos. No one could make them as good as his mother. He could almost taste them. He watched his mother as she checked the pot of fresh beans that were cooking on the hot stove.

She turned to look at Little Diego. "Your birthday's in two weeks," she said, "I wonder what your father will get you this year. Maybe he'll surprise you."

"I want a Superman suit," he immediately said.

"A Superman suit?" his mother asked. "I thought you wanted a video game."

podría ser como Clark Kent y atravesar la frontera volando para llegar a Chihuahua y visitar a mi Papá Diego. Podría visitarlo todos los días y regresar a casa a tiempo para cenar".

La mamá de Dieguito estaba canturreando mientras pelaba los chiles verdes asados.

—Éstos están perfectos para hacer chiles rellenos.

A Dieguito le encantaban los chiles rellenos. Nadie los podía hacer tan sabrosos como su mamá. Casi podía probarlos. La miraba mientras ella revisaba la olla de frijoles que se cocían sobre la estufa.

La mamá volteó hacia Dieguito.

—En dos semanas vas a cumplir años —le dijo—. A ver qué te compra tu papá este año. Quizás tenga una sorpresa para tí.

—Deseo un traje de Supermán, —respondió inmediatamente.

—¿Un traje de Supermán? —pregunto su mamá—. Pensé que querías un juego de video.

"Not a video game, Mamá. Everyone wants one of those."

"Oh, so you want to be different?" She smiled at her son.

He nodded seriously. "I mean, Mamá, think about it—no one has a Superman suit."

She wiped her hands on her apron and reached over and touched his cheek. "Well, I'm sure your father will do his best. Now go and take your bath."

"But I want a chile relleno."

"You'll have to wait until dinner."

His sister Gabriela, who had been eavesdropping on their conversation in the kitchen, followed Little Diego to his room and began making fun of him. "A Superman suit," she laughed. "That's the stupidest thing I've ever heard."

"It's not so stupid," Little Diego said, "Just wait, you'll see. When I get my Superman suit I'll be able to go and see Papá Diego every day."

—No, Mamá, todo el mundo tiene juegos de video.

—Ah, ¿entonces tú quieres ser diferente? —sonrió.

Diego, muy serio, asintió con la cabeza:

—Claro, Mamá, fíjate nomás, nadie tiene un traje de Supermán.

La mamá se limpió las manos en el delantal y acarició la mejilla del niño.

—Pues, estoy segura que tu papá tratará de hacer lo mejor posible. Ahora es tiempo de que te bañes.

—Pero quiero un chile relleno.

—Tienes que esperarte hasta la cena.

Su hermana Gabriela, que estiró las orejas para oír lo que estaban hablando Dieguito y su mamá en la cocina, siguió a su hermanito hasta su cuarto y comenzó a reirse de él.

—Un traje de Supermán —se burló—. Ésa es una de las tonterías más grandes que he oído en mi vida.

—No es una tontería —respondió Dieguito—. Espérate, vas a ver. Cuando yo reciba mi traje de Supermán, podré volar a Chihuahua todos los días para ver a Papá Diego.

"You think you'll be able to fly over to Chihuahua once you get a Superman suit? Boy, Diego, you're dumber than I thought."

"Ay," Diego shouted, his ears turning red with anger, "just leave me alone. Just go away!" He slammed the door to his room.

As soon as Gabriela finished taunting her brother, she walked into the kitchen and smiled at her mother who was putting the first batch of chiles rellenos into the frying pan.

"Are you finished with your homework?" her mother asked.

Gabriela blurted out, "I know why Diego wants a Superman suit for his birthday."

"Oh," her mother asked quietly, "You want to tell me about it?"

Gabriela rolled her eyes. "Well, it's because he thinks once he gets a Superman suit, he'll be able to

—¿Piensas que vas a poder volar hasta Chihuahua nomás porque te pones un traje de Supermán? Hombre, Dieguito, eres más tonto de lo que pensaba.

—Ay —gritó Dieguito, sus orejas ardiendo de coraje—. Déjame en paz. ¡Ya vete!

Dio un portazo al entrar a su cuarto.

Tan pronto que terminó de agarrarle el chivo a su hermano, Gabriela entró a la cocina y le sonrió a su mamá que empezaba a freír los chiles rellenos en una sartén.

—¿Acabaste tu tarea? —le preguntó su mamá.

Gabriela dijo que sí y luego saltó el chisme.

—Yo sé por qué Dieguito quiere un traje de Supermán para su cumpleaños.

—¿De veras? —preguntó su mamá tranquilamente—, ¿me quieres decir por qué?

Gabriela puso los ojos en blanco.

—Sí. Cree que cuando se ponga su traje de Supermán va poder volar. Cree que va poder

fly. He thinks he'll be able to fly to Chihuahua to see Papá Diego every day. Boys are so dumb."

"Be patient with him," her mother said, "he's just a little boy who loves his grandfather. Some boys don't care anything for their grandfathers. Your brother is very special." She paused a moment, then said, "And besides, he might get his birthday wish. You never know."

"If you say so, Mamá—but he'll never fly," Gabriela said. "Never."

On the morning of his birthday, Little Diego woke to the sound of singing. He opened his eyes and smiled when he saw his mother and his sister Gabriela singing "Las Mañanitas" as his father played the guitar.

*El dia en que tu naciste*
*nacieron todas las flores.*

Their voices singing in Spanish and the sound of the guitar made him happy, but they also made

visitar a Papá Diego en Chihuahua todos los días. Los niños son tan tontos.

—Hay que tener paciencia con tu hermano —dijo su mamá—. Está chiquito y quiere a su abuelo. Algunos muchachos ni siquiera piensan en sus abuelos. Tu hermano es un chico muy especial.

Se quedó pensado un momento y luego dijo:

—Y además, es posible que reciba su deseo para su cumpleaños. Nunca se sabe.

—Bueno, lo que tú digas, Mamá, pero nunca va a volar—dijo Gabriela—. Nunca.

Cuando llegó la manaña de su cumpleaños, Dieguito despertó al escuchar voces cantando. Abrió sus ojos y sonrió cuando vio a su mamá y a su hermana, Gabriela, cantando las mañanitas mientras su papá tocaba la guitarra.

*El día en que tú naciste*
*nacieron todas las flores.*

El sonido de las voces cantando en español lo pusieron contento; pero, a la misma vez, lo

him a little sad because it made him think of his Papá Diego who was so far away. When everyone had finished singing, he hugged all of them. His mother led them into the kitchen where they drank a special champurrado she had made just for the occasion along with Little Diego's favorite cookies, biscochos. "I love biscochos," Little Diego said.

"I made them just for you," his mother said.

"They're the best," Little Diego said. He turned to his father and asked him, "Isn't it time for you to tell me the story of how I was born?"

Little Diego's father rubbed Little Diego's head as if it were a magic lamp.

"Yes, it's time," he said, "You see, it was very early in the morning, and it was cold outside. It was still dark when your mother woke me. 'There's a knock at the door,' she said. 'Who could be knocking at the door at this hour of the morning. It's not even light yet.' I rushed to the door and when I opened it, there was your Papá Diego. He

pusieron triste porque recordó a su Papá Diego que estaba muy lejos de ahí. Cuando acabaron de cantar, Dieguito abrazó a todos. Su mamá los dirigió a la cocina donde todos tomaron un champurrado especial y los biscochos favoritos de Dieguito.

—Me encantan los biscochos —dijo.

—Los hice especialmente para ti —respondió su mamá.

—Son los mejores biscochos del mundo— dijo Dieguito. Luego volteó hacia su papá y le preguntó—:

¿Qué no es tiempo de que me cuentes la historia de mi nacimiento?

El papá frotó la cabeza de Dieguito como si fuera una lámpara mágica.

—Sí, es tiempo —le dijo—. Mira, era muy temprano esa mañana, y hacía mucho frío afuera. Todavía estaba oscuro cuando tu mamá me despertó. "Alguien está tocando a la puerta", me dijo. "¿Quién estará tocando la puerta a estas horas de la mañana? Ni siquiera ha salido el sol". Corrí a ver quién tocaba y cuando abrí, ahí estaba parado tu Papá Diego. Estaba

was happy and laughing as he gave me one of his abrazos. I asked him what he was doing in El Paso. He told me he'd had a dream that you were being born and that you looked like an angel, so he just had to come and see for himself. As soon as he spoke, your mother yelled that it was time for you to be born. We drove to the hospital, and two hours later you came into the world. And you were just perfect."

"And where was I?" Gabriela demanded to know.

"Oh, your Papá Diego held you in his arms the whole time we were in the hospital. And you were a perfect angel, too. Just as perfect as your new born brother."

Diego liked hearing the story of his birth. He looked at his Mom. "Do I have to go to school?"

"Of course. But when you get home, I'll have a special meal all ready for you, and some birthday cake and maybe..." she stopped. "I don't want to ruin your surprise."

muy contento y se reía mucho al darme uno de sus fuertes abrazos. Le pregunté qué estaba haciendo en El Paso. Me contestó que había soñado con tu nacimiento y en su sueño parecías un angelito, así que tuvo que venir a ver con sus propios ojos. Tan pronto acabamos de hablar, tu mamá nos gritó que ya estabas por nacer. Nos fuimos de volada al hospital y después dos horas llegaste al mundo. Y saliste perfecto.

—¿Y yo, dónde estaba? —quería saber Gabriela.

—Ay, tu Papá Diego te tuvo en sus brazos todo el tiempo que estuvimos en el hospital. Y tú también eras una angelita perfecta. Tan perfecta como tu hermanito recién nacido.

A Dieguito le encantaba oir la historia de su nacimiento. Miró a su mamá y le preguntó:

—¿Tengo que ir a la escuela hoy?

—Claro que sí. Pero cuando regreses a casa, tendré preparada una comida muy especial en honor a tu cumpleaños y también un pastel y quizás... —dejó de hablar un momento—. No quiero arruinar tu sorpresa.

His father winked at him.

Diego laughed and reluctantly got ready to go to school. As he and Gabriela walked out the door, he kept thinking about the presents he might get when he returned home that evening. Maybe he would get a Superman suit. He imagined flying over the border to Chihuahua to visit his Papá Diego.

His sister's voice interrupted his thoughts. "I know what you're thinking."

"No, you don't."

"Yes, I do. You're thinking about that stupid Superman suit. Get a life, Diego."

"Why do you have to be so mean to me on my birthday, Gabriela?"

"I'm not being mean, Diego, I just think you should get real."

"Just wait till your birthday," he shouted. Then he stuck out his tongue at her.

Su papá le guiñó un ojo.

Dieguito se puso a reír de gusto y, sin ganas, se preparó para ir a la escuela. Al encaminarse con Gabriela a la escuela, no podía dejar de pensar en los regalos que iba a recibir esa misma tarde. Quizás le iban a regalar un traje de Supermán. Se imaginaba volando a través de la frontera hasta Chihuahua para visitar a su Papá Diego.

Su hermana interrumpió sus pensamientos.

—Yo sé en lo que estás pensando.

—No. No sabes.

—Sí sé. Estás pensando en ese tonto traje de Supermán. Cómo eres tonto.

—¿Por qué eres tan mala conmigo en el día de mi cumpleaños, Gabriela?

—No es que sea mala, Diego, es que quiero mostrarte que no sabes nada de la realidad.

—Espérate hasta el día de tu cumpleaños —le gritó—. Me la vas a pagar.

Luego le hizo una mueca y le sacó la lengua.

After school, Little Diego made his sister run home with him. "Why do we have to run?" she asked.

"Because it's my birthday," Little Diego yelled.

But Gabriela knew he was just in a hurry to get home to see if he'd gotten his silly Superman suit.

When Little Diego ran into the house, his mother showed him the cake she had baked for him.

"It looks great, Mamá!" he said.

He could hardly wait to blow out the candles and eat it. His eyes fell on a box that was wrapped in red wrapping paper with blue ribbon. "Can I open it?"

"When your father gets home."

Little Diego thought his father would never come home. Finally, when he had almost given up, his father walked in the door.

"Now, can I open it?"

"Yes, now you can open it."

Little Diego grabbed the box, ripped it open, and pulled out the Superman suit he had been praying for.

"I got it," he yelled, "I got it!"

Después de que terminaron las clases, Dieguito le suplicó a su hermana que corriera con él.

—¿Por qué tenemos que correr? —preguntó.

—Porque es mi cumpleaños —contestó Dieguito.

Pero Gabriela sabía que estaba muy apurado por llegar a la casa porque quería ver si le habían regalado su traje estúpido de Supermán.

Cuando Dieguito entró a su casa, su mamá le enseñó el pastel que preparó especialmente para él.

—¡Es una maravilla, Mamá! —casi no podía aguantar las ganas de apagar las velas y comérselo. Sus ojos descendieron a una caja envuelta con papel rojo y un listón azul.

—¿Lo puedo abrir?

—Cuando llegue tu papá.

Dieguito pensó que nunca iba a llegar. Por fin, cuando ya casi se desesperaba, su papá entró por la puerta.

—Ahora, ¿puedo abrir mi regalo?

—Sí, ahora puedes abrirlo.

Dieguito tomó la caja, le arranco la envoltura y luego sacó el traje de Supermán que tanto quería.

—¡Me lo dieron! —gritó—. ¡Me lo dieron!

S

Without waiting one second, he ran to his room, ripped off his clothes and changed into his Superman suit. He knew that the cape he was wearing was better than the wings of a bird.

He ran into the kitchen where his father and sister were setting the table and yelled, "I'm gonna fly! Just watch! I'm gonna fly!" He ran outside and leapt into the air. He was certain he would be at his Papá Diego's in a matter of minutes. But instead of flying, he fell hard onto the ground.

"I can't fly," he cried. "It's not fair, I can't fly!"

He got up off the ground, ran to his room and threw his Superman suit into his trash can. His father picked him up.

"I just wanted to see my Papá Diego," he sobbed, "I just wanted to see him."

"It's okay, mijo," his father said, "I'll tell you what—why don't you go into the kitchen and serve yourself some champurrado? We have some left over from this morning. Your mother always says

Sin esperar un segundo, corrió a su cuarto, se quitó la ropa y se puso el traje de Supermán. Sabía muy bien que la capa que usaba era mucho mejor que las alas de un pájaro. Corrió a la cocina donde su papá y su hermana estaban poniendo la mesa y gritó:

—¡Voy a volar! ¡Van a ver! ¡Voy a volar!

Salió corriendo de su casa y brincó hacia el aire. Estaba seguro que estaría en casa de Papá Diego en unos cuantos minutos. Pero, en vez de volar, se cayó al suelo. Se levantó y otra vez trató de volar. Pero de nuevo se estrelló contra el suelo.

—No puedo volar —lloró—. No es justo. ¡No puedo volar!

Se levantó del suelo, corrió a su cuarto y tiró su traje de Supermán a la basura. Su papá lo levantó en sus brazos.

—Nomás quería visitar a mi Papá Diego —dijo Dieguito, llorando—. Nomás quería verlo.

—No llores, mijo. Todo va a salir bien —le dijo su papá—. Mira, ¿por qué no vamos a la cocina y nos tomamos un champurrado? Nos sobró bastante de esta mañana. Tu mamá siempre dice que el

that champurrado helps you speak Spanish. Doesn't she always say that? And it also makes you feel warm inside."

"I don't want any champurrado," he said.

"Ay, mijito, I promise if you go into the kitchen and get some champurrado, you'll feel better. I promise. And after that, we can have some flautas with guacamole. It's your favorite. Your mother made them just for you."

"I'm not hungry anymore."

"Ay, but you have to eat if you're going to have some cake."

Little Diego wiped away his tears. "Okay," he said softly, though he did not believe anything his father had said. When his father left the room, he put on his normal clothes, stared at the useless Superman suit, and then walked slowly toward the kitchen. "What an awful birthday," he said to himself. But when he reached the door of the kitchen, he saw a familiar figure sitting at the table. He could not believe what he was seeing. "Papá Diego!" he yelled, "Papá Diego! You came to visit!"

champurrado te ayuda a hablar español, ¿No dice eso siempre? Y que también te hace sentir calorcito por dentro.

—No quiero champurrado —contestó.

—Ay, mijito, te prometo que si entras a la cocina y te sirves un champurrado, te vas a sentir mejor. Te lo prometo. Y después, podemos comer unas flautas con guacamole. Es tu comida favorita. Tu mamá las cocinó especialmente para ti.

—Ya no tengo hambre.

—Ay, pero tienes que comer si vas a probar tu pastel.

Dieguito limpió las lágrimas de su cara.

—Bueno —dijo en voz baja, aunque no creía nada de lo que su papá le había dicho. Cuando su papá lo dejó solito en su cuarto, se puso de nuevo su ropa normal y contempló ese traje de Supermán tan inútil. Caminó lentamente hacia la cocina. "Que cumpleaños tan terrible", se dijo. Pero cuando se acercó a la cocina, vio una figura conocida a la mesa. No podía creer lo que estaba viendo.

—¡Papá Diego! —gritó—. ¡Papá Diego! ¡Viniste a visitarme!

"Seguro que sí," he said, "I wanted to see my Dieguito."

Diego ran to his side and jumped into the old man's lap. "Papá Diego! You're what I wanted. You're what I wanted for my birthday."

"Sí, mijo," he said, "I know."

"Did you fly here?"

"No, mijito, I don't know how to fly. I came here on the bus."

"On a bus? But Dad said you never come to visit because it's far and you're old and it's sometimes hard to cross the border."

"Mijito," he said quietly, "tonight Chihuahua is not so far, and I do not feel so old, and it was very easy to cross the border. A border is nothing for people who love."

Diego laughed. He wasn't really sure of what his Papá Diego was saying, but it didn't matter. He got up off his Papá Diego's lap and served them both some champurrado.

—¡Seguro que sí! —le dijo—. Quería ver a mi Dieguito.

Dieguito se acercó a su abuelo y se sentó en sus piernas.

—Papá Diego, tú eras lo que yo quería para mi cumpleaños. ¡Tú, Papá Diego!

—Sí, mijo —le dijo— Lo sé.

—¿Volaste para llegar aquí?

—No, mijito, no sé volar. Llegué en un camión.

—¿En un camión? Pero dijo mi papá que nunca vienes a visitarnos porque vives muy lejos y porque ya estas muy viejo y porque es muy difícil cruzar la frontera.

—Mijito, —le contestó su abuelo—. Esta noche Chihuahua no está tan lejos y no me siento tan viejo y no fue tan difícil cruzar la frontera. Una frontera no es nada para los que se aman.

Dieguito se soltó riendo. No estaba muy seguro de lo que le decía su Papá Diego, pero no importaba. Se bajó de las piernas de su abuelo y sirvió champurrado para los dos.

Everyone sat at the kitchen table and talked and laughed and ate, and everyone was happy—even Gabriela.

Little Diego knew he would remember this day for as long as he lived. He looked at his Papá Diego and kissed him on the cheek. Maybe they would always live in different countries, but tonight they lived in the same house. He felt as warm as the burning candles on his cake.

Todos se arrimaron a la mesa y hablaron y rieron y comieron y todo el mundo estaba contentísimo; hasta Gabriela.

Dieguito sabía muy bien que nunca iba a olvidar este día por el resto de su vida. Miró a su Papá Diego y le dio un beso. Quizás siempre vivirían en distintos países, pero esta noche todos vivían en la misma casa. Sintió por dentro un calorcito tan cálido como las llamas de las velas de su pastel de cumpleaños.

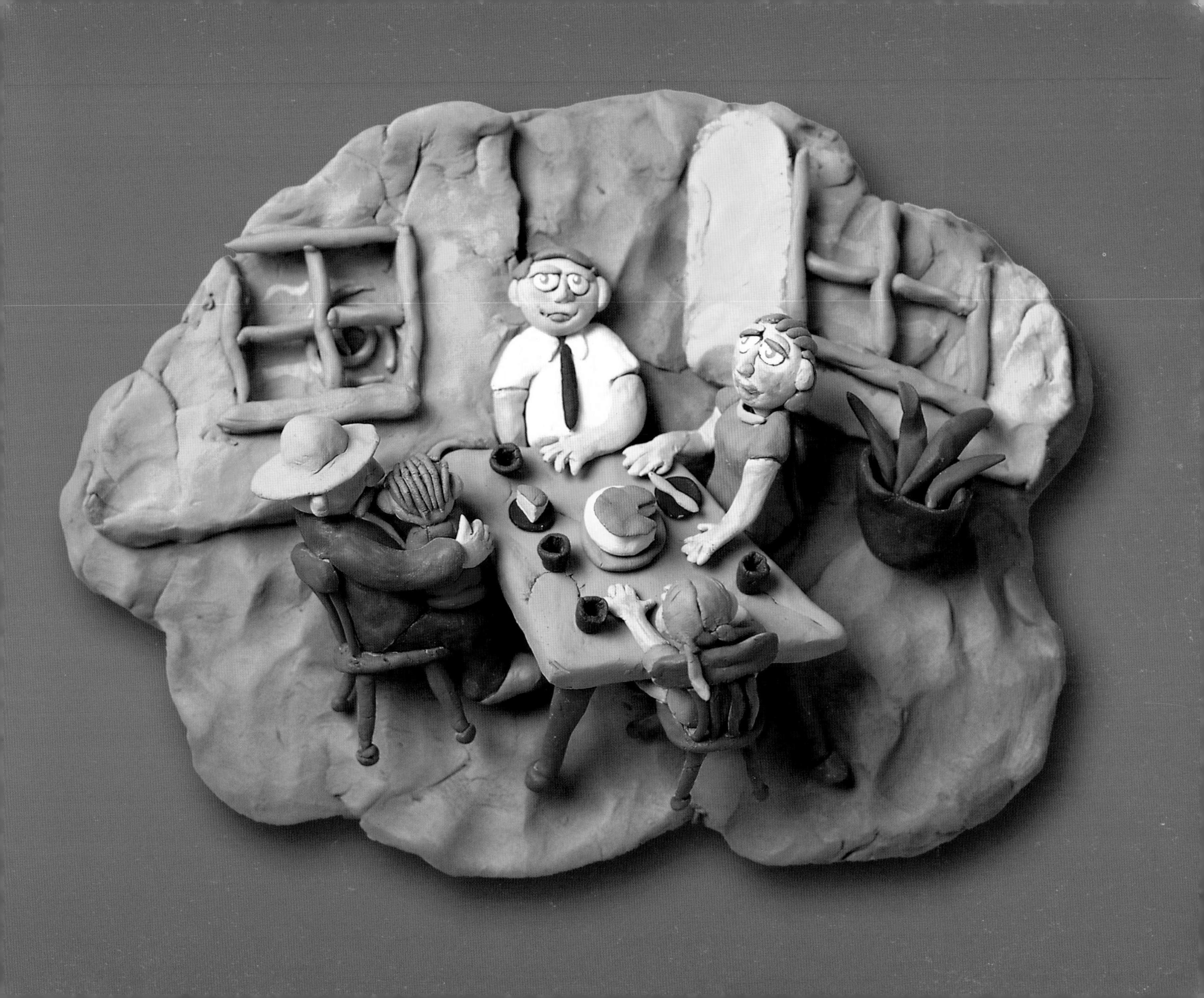

# Notes and Glossary

Little Diego asked that some notes be added to his book so that everybody will understand the Spanish words the story uses and know more about El Paso where he lives.

EL PASO (which in Spanish means the pass, like a pass over the mountains) is on the Rio Grande (Big River) which is the river that separates the state of Texas in the United States from the state of Chihuahua in Mexico. On the other side of the Rio Grande is la Ciudad Juárez which is named after the great president of Mexico, Benito Juárez, who many historians compare to Abraham Lincoln. The capital of Chihuahua is la Ciudad de Chihuahua which is 250 miles south of Juárez. Papá Diego lives in la Ciudad de Chihuahua.

If a person is BILINGUAL, that means she or he can speak two languages. Since most of the people who live along the U.S./Mexico Border are chicanos (Mexican-Americans), many of whom have family in Mexico, bilingualism is an everyday affair. Kids grow up talking Spanish at home and English at school and with friends. Both the author and illustrator of this book grew up speaking and understanding Spanish and English.

LOS ABRAZOS are hugs. It's a tradition among Mexican men to give each other un abrazo when they see each other for the first time in a long time.

LOS BISCOCHOS are festive sugar cookies that Mexican families serve on special occasions like weddings, birthdays and Christmas.

CHILES RELLENOS are green chiles stuffed with white cheese, battered with whipped egg white and deep fried.

EL CHAMPURRADO is a hot drink made out of corn meal and sweetened with sugar.

ERES MI ESPERANZA means "You are my hope."

FLAUTAS are made by wrapping shredded beef or chicken in corn tortillas and frying them.

GUACAMOLE is a dip made by mixing avocados with chopped onions, chopped tomatos, a bit of lime juice and—if you like spicy foods—a jalapeño pepper.

LAS MAÑANITAS (The Mornings) is the title of the song that Mexican people sing to their loved ones who are having birthdays. The line quoted here—"El dia en que tu naciste nacieron todas las flores"—means "On the day that you were born all the flowers bloomed."

MIJO and MIJA (sometimes spelled mi'jo/mi'ja or m'ijo/m'ija), which literally means mi hijo and mi hija (my son/my daughter), are terms of affection which adults use when talking to children.

POCO A POCO means "little by little."

¿QUIEN SABE? means "Who Knows?"

SEGURO QUE SÍ means "Sure, that's right," or "Certainly."

## The author

BENJAMIN ALIRE SÁENZ was born in his grandmother's house in Picacho, New Mexico—a farming village 40 miles north of the border between Mexico and the United States. Ben's parents spoke mostly Spanish at home and his grandparents spoke only Spanish, so Ben learned much of his English from his brothers and sisters, his friends, and by watching cartoons on television. When he was a little boy, he was a passionate reader of comic books—Superman, Spiderman, Batman, and all the rest of the Super Heros.

Growing up, Ben discovered that he liked to write. He liked to draw and paint, too. He decided that he wanted to be either a writer or a painter, but he didn't know which. He finally decided to be a writer, but he hasn't forgotten his painting. He still loves to have a clean fresh canvas to paint on.

Ben has written two books of poems, three novels, and a collection of short stories. This is his first book for kids. Besides being a writer, he teaches creative writing at the University Texas at El Paso. He is married to Patricia Macias who is an associate judge in the Children's Court. Their daughter Gabriela, who wants to study law, will soon graduate from Cornell University.

Ben wants to dedicate the story to Ivana, Isel, Roberto, John, Amanda, Mark and Cynthia, and in memory of Amy —with love from Uncle Ben.

## The artist

Like Little Diego, GERONIMO GARCIA grew up in the barrios (neighborhoods) that are close to the Rio Grande. When Geronimo was only six years old, his dad, who was in the Navy, would send the family little comic books that he had drawn himself. They were about the ship that he was on and about his friends. Of course, his dad made up all sorts of adventures with monsters, bad guys and good guys. Geronimo loved those comic books, and he realized that he wanted to be an artist when he grew up.

In high school, Geronimo decided to be a commercial artist—an artist who creates advertisements, designs and illustrates books, and other things like that. He went to college at the Art Institute of Houston. After working for other people, he decided to start his own company—Geronimoooooo Design. He is the father of two daughters, Adriana and Marina.

Geronimo made the illustrations for this book by shaping clay into figures and then painting them with acrylic paints. Geronimo hopes that the readers of this book—especially the kids—will also work with clay and paint to make their own art. "It's easy," he says, "and, most important, it's fun."

Geronimo wants to dedicate the book to his little brother Danny "El Innocente" and to his friend Sandra.

## Other Children's Books from Cinco Puntos Press

**Here Comes the Storyteller**
by Joe Hayes.

**Watch Out for Clever Women! / ¡Cuidado con las mujeres astutas!**
by Joe Hayes.

**La Llorona, The Weeping Woman**
by Joe Hayes.

**The Way to Make Perfect Mountains**
Native American Legends of Sacred Mountains,
by Byrd Baylor.

**And It Is Still That Way**
Legends Told By Arizona Indian Children
by Byrd Baylor.

For more information or to receive a catalog contact:

2709 Louisville
El Paso, TX 79930
1-800-566-9072

## Acknowledgments



Library of Congress Cataloging-in-Publication Data

Sáenz, Benjamin Alire.
A gift from papá Diego = Un regalo de papá Diego / by Benjamin Alire Sáenz ; illustrations by Geronimo Garcia.
p. cm.
Summary: When Little Diego gets a Superman outfit for his birthday, he hopes to fly across the border to Mexico to be with his grandfather whom he loves.
ISBN 0-938317-33-4 (paper)
1. Mexican Americans—Juvenile fiction. [1. Mexican Americans—Fiction. 2. Grandfathers—Fiction. 3. Birthdays—Fiction. 4. Spanish language materials-Bilingual.] I. Garcia, Geronimo, 1960- ill. II. Title.
PZ73.S246 1997
[E]-dc21

97-20640
CIP
AC

Cinco Puntos Press would like to thank Luis Humberto Crostwaite, Pilar Herrera, Joe Hayes and Suzan Kern for their help with the Spanish text, and David Flores for photographing the illustrations.

Book design by Geronimo Garcia of El Paso, Texas.